동굴 끝에 매달린 시간

다시 봄날의 꽃들을 기다리며, 희망을 노래한다

나에게 3년이란 산속 생활은 안개집에 쌓여 한치의 미래도 내다볼 수 없는 새벽 안개와도 같은 시간이었다. 오로지 고통과 외로움과 고독이란 동굴 안에 갇혀 하루하루를 견디며 살아야 했던 시절, 그때 시작했던 내 작은 옹알이는 나에게 친구가 되었고 보이지 않는 미래에 대한 한 줄기 희망이 되었다.

내가 고통과 싸울수록 과거에 대한 그리움은 가까이 다가왔다. 늙은 딸이 늙은 어미를 그리워하고 지나간 시절의 그리운 사람과 유년의 행복했던 시간들을 그리워했다. 어쩌면 그건 당연한 거였다. 내가 깊은 산골에서 곧 부서질 것 같은 몸뚱이를 가지고 미래 지향적인 무엇을 도모할 수 있단 말인가, 과거에서 놀던 기억들, 그것은 거꾸로 된 삶을 다시 돌아가고픈 가냘픈 실바람 같은 희망이었다.

나는 겨울보다 봄날을 늘 기다렸다. 성치 않은 몸으로 최대한 화려한 옷을 입고 싶었다. 생전 좋아하지 않던 빨간색과 초록색, 꽃무늬 원피스와 소녀다운 옷들을 입고 싶어졌다. 그 옷을 입으면 더 젊어지고 기분도 상쾌해졌다. 봄에 잠깐 피다 화르르 떨어질 목련꽃일지라도 나는 봄이고 싶었다. 그렇게 3년 동안 산속 생활을 하다 지인의 소개로 김남권 교수님을 만나 옹알이가 아닌 좀 더 진화된 말을 배우기 시작했다. 달무리동인회, 달빛문학회 동인들도 만나며 이제 나는 환자가 아닌 일반인 대열에 끼는 것 같았지만, 늘 후유증은 몸을 가만두지 않았다. 그렇지만 나는 포기하지 않았다. 늘 우울하고 고독했던 일상이 아닌 새로운 삶을 다시 얻은 것처럼 더 버텨낼 희망을 찾았기 때문이다.

내가 글을 쓸 때 늘 옆에서 시간과 마음을 아끼지 않았던 사랑하는 남편과 나름대로 작품 평을 해 주며 길잡이가 되어줬던 작은아이, 그리고 내가 처음 글을 쓸 수 있게 칭찬을 아끼지 않고 볼펜과 노트를 끊임없이 사서 보내줬던 친구 연옥이, 그리고 내가 이 시집을 내기까지 옆에서 물심양면으로 마음을 아끼지 않은 스승님과 같은 길을 걸어가는 동인들에게 진심으로 감사한다. 바라건대, 내 투박하고 소박한 글이 누군가에게 한 줄기 빛이 되어 단 한 사람만이라도 절망과 좌절을 딛고 일어설 수 있다면 나의 울림은 슬프도록 기쁜 울림이 될 것이다.

지금까지 나를 지켜주신 주님께 감사드리며 앞으로도 계속 지켜주실 이레 하나님께 이 책을 바치고 싶다.

2026년 1월 초순에
목련 꽃봉오리를 바라보며 '구미르' 쓰다

차 례

제1부

178-12 카페에 앉아

구인사 단풍

사람들 틈에 끼어
그림자처럼 따라온다

가파른 길을 오르지 못하고 내려오다
허리가 굽은 노인을 만났다

두 다리만 의지한 채 땅만 보고 걷는 노인은
가슴으로 만추의 가을을 끌어안고 있었다

인생은 땅속에 묻힐 때까지
홀로 가는 여정이라고 말하려는 듯
악착같은 발걸음이 당차다

나도 노인을 따라 발걸음을 내딛는 순간,
단풍나무 사이로 우수수 바람이 쏟아졌다

피카소 어머니

우리 어머니 그림은 피카소 그림 따라잡네
누구도 흉내 낼 수 없는 개성 만점 멋진 그림

빼어나거나 완벽하지 않은 그림 속에
해맑은 여든여섯 영혼이 물고기처럼 숨을 쉰다

떨리는 붓끝으로
당신의 온 생애를 하나하나 새겨넣는 어머니

가방에 챙겨 넣은 물감과 붓통 속에
비우고 갈 기억들로 가득하다

나비와 씨간장

베란다 모퉁이에 깊은 우물 하나 있다
가끔 우물이 바이올린의 파장으로 울리면
주름진 나비 한 마리 버선발로 나타나
우물 속을 맴돌았다

우물가에 귀를 대어본다
달그락 달그락 오래된 호미질 소리,
돌 사이로 들려오는 뻐꾸기 소리와
노부부의 알토란같은 말소리가
한 방울 여운이 되어 톡, 하고 떨어진다

기억이 가물가물하다
고랑과 이랑 사이에 응축된 땀의 결실은
짜디짠 소금이 되고 곰삭은 세월은
우물의 근원이 된다는 걸 그때는 몰랐다

깊은 우물을 열었다
짜디짠 냄새 대신 달달한 향기가 정신을 아찔하게 했다
바짝 마른 우물은 농익은 세월의 흔적으로 남아
고약 같은 씨간장 한 종지와 블랙 사파이어 같은
보석 한 덩이를 우물의 가장 깊숙한 곳에 숨기고 있었다

시제를 올릴 때처럼, 손을 씻고 맨손으로 경건하게
오래전에 만났던 까만 우물물을 건져 올렸다
수없이 많은 날의 인연들이 부스스 춤을 추며 날아와
가슴속에 박혔다

씨 종자 한 귀퉁이를 떼어내 물에 넣고 젓는다
순간 물과 간장이 만날 때의 달달한 향기는 사라지고
짜디짠 향기만 남아 눈을 뜬다

씨간장이 물과 불을 만날 때
시간은 기억을 거슬러 올라 하얀 나비가 되었다
비밀의 시간이 열리는 순간
수만 마리의 나비들은 자유로부터 갈망을 털어내고
시간 여행을 시작한다

버선발로 춤추던 나비도
나풀거리며 따라온다

날것의 맛

날것들은 거칠다
촌스럽고 툭 터진 붉은빛을 낸다

대추알은 빗속에서도 햇볕을 향해 주파수를 열어 놓는다
더 이상 햇볕을 삼킬 수 없을 때
대추알은 날것의 맛을 그대로 보여준다

그 날것이 좋다
쩍쩍 갈라진 껍질일수록
순수한 날것의 맛을 그대로 느낄 수 있다

이순이 되어서야 날것의 맛을 제대로 느낄 수 있다니
아주 오래전에 손톱 끝에 박혀 있던 단단한 가시 하나가
드디어 빠져나왔다

여우 가시

내 마음속에 여우 한 마리 살고 있다

누굴 미워하면 내면의 나를 콕콕 찌르고

가슴에 품고 사랑해 주면 가시를 감추고 마는

잡으려야 잡을 수 없는 여우 같은

작은 가시 한 마리

178-12 카페에 앉아

하늘빛이 제법 묵직한 날
창문 밖으로 강줄기가 훤히 내다보이는 카페에 앉았습니다

캐모마일 한 잔에 전해오는 은은한 향기를
맡으며 시간을 잘게 부숴
강물에 띄웠습니다

차창으로 흐르는 남한강 물결은
코스모스처럼 하늘거리고
가을은 지난 기억을 안고 유유히 흘렀습니다

잠자리 날개 끝에 앉은 우리의 사랑도
미련 없이 날려 보냈습니다

안개집

엄마의 자궁은 아늑해요
봄날 아지랑이 같기도 하고 방금 걷은 이불 같기도 해요
밖은 한 치 앞도 보이지 않고 하얀 촉수만 세상을 향해
소리 없이 움직여요

가끔 하얀 점들을 모아 모스 부호 같은
암호를 주고받으며 힘없는 몸짓으로 창문을 흔들어요
그럴 때마다 수축과 이완을 반복하며 아기집을 지키는 모태는
위대한 궁전 같기도 하고 어릴 적 불던 풍선 같기도 해요

상처도 편견도 없어요
누굴 모함하는 비굴함도 없어요
탯줄 사이로 연결된
테라스에 핀 붉은 꽃을 즐겨요

이제 새로운 세계로 떠나려 해요
그 길이 한 치 앞도 보이지 않는 세상일지라도
양막을 뚫고 세상 밖으로 나올 때의 그 소리는
안갯속을 뚫고 천 리 밖을 달리고 있는 걸요

세 시 꽃*

오후 3시 오침 시간을 기다린다
기다란 손으로 파노라마처럼 지나가는
구름을 밀었다

화면이 지나가면 햇살 사이로
어린아이의 숨소리가 들려온다

오후 세 시,
보일 듯 말 듯 핑크빛 별무리가
강보에 싸여 웃고 있다

작은 바람에도 파르르 떨리는 오파르의 보석,
다시 세 시간이 더 지나고 나면
마차를 타고 자금성으로 가야 할 운명이다

———————

* 자금성 또는 세시화라고 불리는 이 꽃은 오후 3시에 피고 6시에 꽃잎을 닫는다.

입추에 들어서자
북극성을 마중 나온 저녁 하늘이
가난한 춤사위에 젖는다

그대가 다시 오라는 말 대신
콧등의 기름을 찍어
내 머리를 곱게 빗겨주었다

복제 물고기

나는 냄새나는 걸 싫어해요
그래서 맑은 물로 샤워를 자주 해요
오래전 아주 높은 족속이었던 나는 뼈가 아주 단단해요
아마 아프리카 세렝게티 어디쯤 살다 넘어온 외래종일지 몰라요

나는 히말라야 빙하를 떠도는 꿈을 꾸기도 해요
그게 꿈인지 현실인지 알 수는 없지만
밤마다 고향으로 가는 꿈을 꿔요

삶과 죽음이 혼재한 모호한 세계에서는
수많은 물고기들이 수없이 쏟아져 나와요
기다란 굴뚝 꼭대기에는 나와 똑같은 아이가 앉아 있어요
요즘은 내가 나를 도통 알아볼 수가 없어요
나는 어디에서 온 걸까요

안습

분주한 아침이 떠나고 빈집에 홀로 남았다
홀로 먼 산을 망연히 바라보다
미동도 없이 긴 잠에 빠져든 감정을 두드렸다

아무런 반응도 없이 홀로 앉아 있다
산 자들 가운데 죽은 자가 혼자 살아 있는 것만 같다
삶의 발자국을 한 걸음 거꾸로 걸어 보았다

순간 카톡 하고 날아온 '특 트러플' 전복죽
오래전 엄마가 찾아와 누룽지를 꼭꼭 뭉쳐
만들어 주던 맛이 났다

계면쩍게 친구의 마음을 밀어내는데
앞산에 털고 간 물안개가 왜 자꾸 눈 속으로
들어오는지 쓸쓸했던 고독이 걸어 나갔다

동굴 끝에 매달린 시간

동굴은 들어갈수록 캄캄해서 싫어요
동굴 경계선은 수십 년을 살아온 석주와 석순이 살아가요
1센치를 자라기 위해 백 년에 한 번 거꾸로 서거나
반듯이 앉아 도를 닦아야 해요

하지만 요즘 들어 바람이 살짝 불어도 백 년이 사라질까
동굴 모서리를 두 손으로 힘껏 잡아요
동굴에서 가장 단단한 곳에 뿌리를 내리고
대롱대롱 매달려 있는 시간들이 점점 버거워져요

백 년 전에는 두 개의 기둥이 동굴을 살리기도 했어요
이제는 다 지나간 옛이야기일 뿐, 나는 자꾸 잠이 와요
간간이 불어오는 바람에도 안간힘을 다해 절벽 끝에
매달려 있는 나를 발견해요

석주도 시간을 조금씩 내려놓고 있다는 소식이 들려와요
나는 몇 년을 살았을까
천년은 훨씬 지난 것 같은데
언제부터 머릿속에서 다섯 살이라고 누군가 자꾸 속삭여요
이제 정말 동굴 속으로 들어갈 때가 된 것 같아요

고려의 옛 도읍지에서

새 나라를 세운 주상의 음성이 용마루를 지나
쩌렁쩌렁하게 울렸다
도읍을 한양으로 천도하자 오백 년 궁궐엔
새로운 주인이 대궐을 차지했다
수십 개의 방마다 사람들은 북적거렸고
대문을 들어설 때마다 수문장들이 버티고 서 있었다

대궐의 곳곳엔 천 년 고목이 역사의 눈을 크게 뜨고
내려다보고 있었다
담장 안으로는 비밀이 겹겹이 쌓이고
담장 밖으로는 서러운 세월만 쌓이고 있었다

부엉이 우는 밤은 그리운 사람들이 더욱 생각나는 밤
외손자 외손녀 생각에 홀로 우물가를 서성이다
우물 속에 뜬 달을 보고 먼 길 떠난 당신 생각에
홀로 눈물 짓는다

어느덧 육백 년의 세월이 지나고 보니
그날의 음성 그리워라
어리고 아름답던 그 모습 한없이 보고파라

닭의장풀

그리움은 소슬바람을 따라오는 손님 같다
하룻밤 잠시 머물다 아침이면 흔적 없이
사라지는 이슬방울처럼,

깨알 같은 여뀌 꽃을 밤새 꿰고도 모자라
멍울로 피어난 쪽빛 바다를 길섶에서 만났다

어쩌자고 그리움은 푸른 멍울로 피어나
오고 가는 길목에 그리움만 울렁이게 하는가

이끼 집

나는 비를 좋아해요
비가 오는 날이면 접혔던 초록색 우산을 넓게 펴고
축축한 향기가 모여 있는 곳을 찾아 기와지붕 한켠에
짐을 풀었어요 짐이야 먼지만 나는 두 발이 전부였지만
이사한 곳은 얼마나 포근한지 이곳이 명당이구나 생각했어요

카스트가 높은 나는 가장 높은 곳에서 가장 낮은 곳을 찾아요
그 자리가 그 자리인 곳에서 수없이 많은 종들이 하루에도
많은 의식을 치르며 새로운 종들을 만들어 내고 있어요
어떤 인간은 우리의 종족을 냉큼 떼어다 인공 눈물을 주며
자기들 눈에 넣으려고 해요
나는 허름하지만 낡은 이곳이 좋아요
누군가의 눈에 들어갈 일도 발로 차일 일도 없어요

앞에 보이는 느티나무도 낡고 허름한 집채도
언젠가는 내가 살아남아 지켜야 할 집이에요
그런데 요즘 들어 이상한 기계 소리가 나고
로봇이 무언가 하늘 높이 올리고 있어요
분명 예전에 살던 나무는 아닌데 나무보다 높은 숲들이
하늘 높이 올라갈 때마다 이상하게 불길한 예감이 들어요

공작 부인

나는 혼자 있는 걸 싫어해요
그래서 늘 누군가를 부둥켜안고 살아가죠
주로 나팔꽃과 이웃이 되어 살아가요

나팔꽃은 자그마한 내 입술과 깃털을 부러워해요
내 입술은 헤라가 떨군 립스틱을 바른 거예요
가끔씩 제우스가 내려와 입맞춤하고 가는 날은
입술이 더 붉어져요

그날부터 배 주머니는 불룩해지고
입술은 비틀고 오므려 아무도 들어오지 못하게 해요
볕을 좋아하는 나는 비 오는 날은 입술을 꼭 다물어요
아폴로가 이렇게 해야 한다고 얘기해 주었어요

아~ 나는 공작 깃털이 빨리 자랐으면 좋겠어요
가늘게 이어진 깃털 사이로 바람을 가르며
오래전 친구들과 사랑하는 사람들을 만나고 싶어요
오늘도 나는 다른 친구의 몸을 타고 올라가
앙증맞고 귀여운 주홍 별빛을 반짝여요[*]

———————

[*] 새깃유홍초 꽃을 보며

매미꽃

비 그친 길상사 모퉁이에
무리 진 매미꽃 노랗게 피었다

절간에 앉아 해 본 거라곤 매미 울 때쯤
꽃 피고 진 것밖에 없는데

매미보다 묵언하는 염불 소리 깊다
장대비가 스쳐 간 몸을 곧추세우고 가부좌를 틀었다

뜰 앞에 앉은 매미꽃 빙그레 웃으며
나에게 염화 미소를 보냈다

채송화가 피었습니다

누가 키 작은 채송화라고 했던가
담장 밑에 봉선화 톡 하고 터질 무렵
작디작은 채송화 장대 끝에 걸린 해를 따서
온몸으로 꽃을 피워 올렸다

그 모습이 어여뻐 장독대 앞에 심어놓고
꽃 한 송이 피울 때마다 말을 건네주었다

항아리 속 구수하게 익어가던 손맛은
된장 고추장 간장을 숙성시키고
앵두나무 옆에 가득 핀 박하 향보다
달콤한 향기가 송골송골 기억 끝에 맺혔다

해마다 장독대 앞에 쪼르르 피어나는 채송화,
매미가 가을 속으로 떠날 때
푸른 하늘 너머로 그리운 지문 하나 남기고
가슴속으로 파고들었다

상대적 위로

툭 치면 무너질 듯 마음이 허름한 날
따끈한 국밥 한 그릇에 위로를 받는다
장대비가 그치고 잿빛 하늘은 한동안 마음을
잡고 놓지 않았다

어디선가 구수한 커피 향이 몰려와
30조의 세포들을 마구 흔들어 놓았다
순간 눈앞에 넓게 펼쳐진 할로겐 불빛들은
오래된 지붕 위에서 나보다 남루한 옷을 입고 있었다

마음이란 참 이상하지?
나보다 더 허름한 상대를 만나면
스스로 위로를 받기도 한다

창문 밖으로 지나가는 사람들의 실루엣이 보이고
촉촉한 가슴을 안고 살아가는 사람들의 발자국
소리가 들렸다

15도

나는 오늘 아침 가장 먼저 일어나
에베레스트 산을 정복하고 있어요
눈앞에 보이는 작은 섬이 분분한 물의
입자들을 유령처럼 물고 걸어가요
어쩌면 저들은 밤을 꼬박 새워
내게 걸어온 불빛이었는지 몰라요

저 섬의 동굴 안에는 해적들이
쌓아놓은 보물이 있다고도 해요
동굴 입구를 지키는 문지기는 없어요
연기처럼 왔다 유령처럼 사라지는 그가
섬의 주인일지 몰라요 가끔 그 섬에
신선이 놀러 와서 장기를 두고 간다고도 해요

우주 대기권 밖으로 사라진 그를
구름 위에 차가운 손이 끌어온다고 해요
나는 비가 그친 아침이면 소파에 앉아
눈으로 에베레스트 산을 스캔해요
고개는 딱 15도, 눈은 반쯤 가늘게 뜨고

아이 쇼핑

카톡 소리에 놀라 온라인 스토어에 들어가요
마음의 날개가 펄럭이고 가슴은 두근거려요

제비꼬리나비는 벨벳 슈트를 입고 유혹하고
주홍부전나비는 철 지난 계절을 밀어내고 있어요

셔링이 들어간 원피스를 장바구니에 담았다 쏟아내요
짙은 화장을 하는 건 이르다고 달팽이관이 속삭여요

스토어를 빠져나와 열쇠로 문을 잠갔어요
욕망의 문은 다시 자물쇠를 풀려 하고
이성의 문은 손을 꽉 잡은 채 놓지 않아요

말의 말

말들이 난무하는 세상, 눈의 주파수가 반짝인다
노래를 하는 사람은 영혼으로 말을 하고
아이를 가르치는 선생은 입으로 말을 하고
마음을 가르친다

노각을 수저로 긁다 상처가 나도 고추장 양념을
조물조물 묻히고 나면 노각은 오이의 말을 한다
마음의 기압골에 비를 내린다
말이 홍수처럼 밀려올 때 머리는 가슴으로 내려가
말문을 막는다
거칠어지고 싶지 않은 간결한 이성이 말을 다독인다

제2부

철 지난 바닷가

평행선

조심스럽게 운동을 하기로 했다
딱딱한 기계에 몸을 맡기고 허리를 젖히고
땅속에 머리를 내렸다

순간 몸의 중력이 아래로 쏠려
신경 세포들이 자리를 찾느라 분주하다
똑똑한 아이는 벌써 자리를 찾았는지 머리가 맑아진다

가볍게 심호흡을 하며 감았던 눈을 떴다
티 없이 맑은 하늘이 거꾸로 선 나무를 물끄러미
들여다본다

씽긋 웃어줬다
방금 붓질한 하늘이 따라 웃는다
오랜만에 마음에서 은은한 종소리가 들린다

중력을 이기지 못한 상수리 하나가 떨어져 내린다
상수리는 아래로 떨어지고 나는 다시 일어섰다
우리는 서로 다른 평행선에서 다시 만났다

발아 미안해

딱 한 켤레 남은 구두를 꺼내 발을 구겨 넣었다
다 버린 줄 알았던 구두를 오늘 같은 날
요긴하게 쓸 줄이야

몇 년 만에 신은 구두는 발을 옥죄는 듯 저리고 아파왔다
차 안에서 살짝 한쪽 발을 빼고 다른 쪽 발도 뺐다

그 순간 삭은 시간들이 빵가루처럼 우수수 밖으로 밀려 나왔다
삭은 구두는 발을 민망하게 했다
얼른 발을 다시 구겨 넣었다

다시 발을 꺼내면 신발 속으로 발이 들어가지 않을 것만 같아
억지로 구두 속에 가둬 두었다

신발 속에서 숨도 쉬지 못하는 발은 더 이상 아프고
저리다고 울지 않았다

바다를 삼킨 칠면초*

입추가 가을의 문턱을 넘으면
석모도 바다는 가장 먼저 붉은 가을을 몰고 온다
태양을 빨아올린 것처럼 갯벌의 심장 소리 요란하다

쿵 쿵 쿵
붉은 가을이 흔들릴 때마다
몸 안에 힘줄 부대끼는 소리, 바람 파고드는 소리 들린다
아주 오래전부터 모든 걸 견디며 살아온 인고의 소리다
아니 어쩌면 갯벌 속에 바람이 뿌리내리기 이전부터
숙명처럼 살아온 이야기인지도 모른다

심장이 있어도 애초에 없었던 것처럼
심장보다 먼저 갯벌과 타협했고 세월과 타협했다
석모도 칠면초가 붉은 것은
서해바다가 주는 특권이다

_____

*   칠면초는 인천 강화도 갯벌에 사는 염생 식물이다

한여름 뜨거운 태양이 아버지 허물을 수만 번 벗겨내도
진물로 땀을 씻겨내며 견뎠던 것처럼 석모도 칠면초는
여름 내내 바다의 짠물과 태양을 온몸으로 빨아올리고 있었다

석모도 바다가 가장 먼저 붉은 이유는
보이지 않는 눈물의 결실이다
아버지의 갈라진 발가락 사이로
붉은 노을이 스며드는 것처럼

오작동 보고서

심장 박동 신호가 감지되었습니다
접근을 자제해 주십시오

파도 소리에 소라는 껍질 속으로
문어는 바위틈으로 숨어들었습니다

푸른 머릿결이 하얗게 변하는 현상은
허리케인이 근접하고 있다는 신호입니다

해저는 낮은 심장 박동으로 불안정한 상태입니다
해상 와류가 블랙홀 속으로 빨려 들어가 화면은 꺼지고
바다는 온통 암흑으로 덮였습니다

기회는 지금입니다
천천히 키스하십시오

천국을 엿보게 하는 손

침대에 얼굴을 묻고 흐느끼며
기도하는 아내의 등 뒤에서
남편의 커다란 손이 등을 부드럽게
어루만지고 있었습니다

순간 아내의 등 뒤로
보석 같은 조각들이 쏟아져 내렸습니다
사랑하는 것은 천국을 살짝 엿보는 것이라고
누군가 말했습니다

남편의 커다란 손은
천국을 엿보게 하는 작은 창문이었고
따뜻한 아버지의 손길이었습니다

가을 블랭킷

가을이 문앞에 서서
창문을 조심스럽게 두드리고 있습니다

귀뚜라미는 가까이 다가와 자정이 이슥하도록
혼잣말을 하고 수어나 독순술을 배우지 못한 나는
살며시 창문을 열고 달빛만 한 아름 들여놓았습니다

가을은 바람으로 먼저 온다고
옷깃에 스치는 햇살이 예사롭지 않은 저녁나절
조각조각 이은 블랭킷을 들고 가을 속으로 들어갔습니다

순간 외로운 입자들이 한꺼번에 따라와
옷깃이 금방 촉촉해졌습니다
벌써 백로가 지나가고 있습니다

단봉낙타

자고 나면 한 뼘씩 자라던 백일홍이
칠월 장맛비에 허리가 꺾였다

꺾인 허리 위로 습기가 지나가고
더위가 지나가고 바람이 지나갔다

무더위가 깊어지자 허리 위로
단단한 물주머니 하나가 생겼다

이제 그는 뜨거운 사막을 홀로 가야 한다
단단해진 주머니 위로 모래바람이 불어온다

꼬막 여인

벌교 '여자만'에 뻘 배가 지나가면
얽히고설킨 썰매 길이 생긴다

육신의 반을 뻘 배에 싣고
몸 구석구석 골바람과 싸운 흔적
훈장처럼 박혀 있다

여자는 참 꼬막이 된 지 오래다
그녀를 처음 보았을 때
첩 소리도 마다 않고
오직 사랑만을 행망 속에 넣어두었다

사랑도 다 젊은 날의 환상이라고 삶이 다가와 속삭일 때
그녀는 어쩌면 가장 깊은 뻘로 들어가 스스로 꼬막이
되었는지 모른다

가장 추운 정월에야 가장 찰진 맛이 난다는 꼬막
그녀의 찰진 어깨가 쩍쩍 갈라지며
갯벌 위에 새로운 골을 만들고 있다

어머니와 달래

냉동실에 넣어둔 달래 한 뭉치를 꺼내 된장찌개에 넣었다
여름날 먹는 된장찌개라니, 오래전 숨겨놓은 구수한 향이
몽글몽글 올라왔다

엄마를 따라 밭에 가던 야들거리는 봄날이 마냥 좋았다
호밀밭 사이로 삐죽이 보이는 달래 한 무더기
바람결에 살랑대며 따라왔다

정신없이 밭고랑을 쫓다가 낚싯줄에 걸린
물고기 한 마리 바동대는 것을 보았다
이리저리 몸을 흔들다 겨우 빠져나온 낚싯바늘에는
떨어진 살점이 울고 있었다

왔던 길을 되돌아 정신없이 도망쳐 나오면
밀밭 사이로 환히 비추는 한 줄기 빛,
그 빛을 보고서야 찢어진 살점이 아파 엉엉 울었다

태양을 등지고 아무 일 없다는 듯 묵묵히 호미질만 하던 어머니,
그 닳고 닳은 검정 고무신 사이로 얇은 햇살이 문을 열면
나도 덩달아 입에 걸린 바늘을 빼고는 그 속으로 냉큼 들어가
숨어버렸다

나는 알았네

저녁노을이 어찌 저리 붉은가
한때 저 붉은 하늘처럼
노을빛이 되어보지 않은 사람 있었던가

누구나 한 번쯤 젊은 욕망을
푸른 바다 위에 소나기처럼 퍼붓고
엉엉 소리 내어 울지 않은 사람 있었던가

잔잔한 파도처럼 떠돌다
다시 돌아와 테트라포드에 부딪혀
삶을 되돌아보지 않은 사람 있었던가

그때는 몰랐네
영원할 것 같았던 바닷물도 바람에 일렁이다
태양 볕에 스며들면 눈물이 된다는 것을

바닷물에 발을 담그는 노을도 나이를 먹는다는 걸
노을 진 바닷가에 서서 나는 알았네
눈 속에 황혼이 차오르면 바다도 노을이 된다는 걸

그해 겨울은 따뜻했네

까맣고 딱딱한 단벌옷인 나는 이대로 얼음이 되어도 좋다
일찍이 어느 분 손에 버려졌고 아무도 관심을 두지 않아
구석진 곳에 놓인 나는 언제나 쓸쓸하고 고독했다

함박눈이 밤낮으로 내리는 날은 온몸을 찢는 듯한
고통이 와도 견뎌내야만 했다
견딘다는 건, 날 선 바람과 타는 듯한 더위에도
맨살을 내어주는 것이라고 사람들은 내게 다가와 속삭였다

어느 날 아침 한쪽 창문을 열고 중년 여인이 함성을 지른다
"어머나 멋져라, 동화책에서 나온 요정 같네?"
달콤한 칭찬에 얼어버린 귀가 따뜻하게 녹아내렸다

몇 년 만에 들어 본 소리인가, 몇 년 만에 관심받는 눈길인가
온몸에 쩍쩍 달라붙은 추위가 스르르 떨어져 나갔다
가슴이 저절로 뜨거워져 참을 수가 없다
흐르는 눈물로 몸 안에 잠자고 있는 밤톨 한 알을 꼭 안아 주었다

철 지난 바닷가

사람들이 떠나고 새롭게 단장한 바다는 텅 비어 있다
어제의 화려했던 여름날은 사라지고 고요만이 가득하다
깔깔대던 웃음소리도 사라진 지 오래다
저 멀리 밀려간 날들을 살짝 끌어와 이불을 덮었다

이불 속에서 다시 웃음소리가 들려온다
모닥불처럼 훈훈한 열기도 찾아든다
작은 모래알이 조곤조곤 이야기하면
수평선 너머로 들어간 파도들이 다시 밀려왔다

파도를 거닐던 빛바랜 소주병이 다가와 빈 잔에 술을 따른다
순간 기도를 지나 짜릿하게 밀려오는 깡 소주 한 모금,
뱃속에서 시원하게 타도를 타면 몸도 덩달아 흔들거리고
지난여름도 술에 취해 흔들거린다

등심붓꽃

낮아져라
등심붓꽃처럼 낮아져 소리 없이 비추어라

울음을 삼키며
사시나무처럼 떨고 있는 어느 여인처럼

절망에 빠져 기도하는
그녀의 등을 바라보며 더욱 낮아져 기도하라

너의 기도가 꽃이 되고 향기가 되어
성스러운 열매를 맺나니

더욱 낮아져 꽃으로 피어나라
등심붓꽃처럼 낮아져 소리 없이 비추어라

다이알 비누

고급스런 여자들은 나를 좋아하지 않는다
나는 한 번도 정직하지 않은 적이 없다
몇십 년을 넘게 같은 크기와 같은 색깔에
누구처럼 한 뼘 키 높이 신발을 신은 적도 없다
뒤꿈치를 들고 신체검사를 받은 적도 없고
언제나 탄탄한 근육 만들기에 노력했다

어느 날 내 앞으로
성실 근면이라는 상장이 날아왔다
그 후 나를 찾는 단골들이 많아졌다
단단한 근육과 물에 대한 저항력이 좋다고들 한다
나는 남보다 크고, 건강하고, 단단한 몸 하나로
그들을 만족시키기에 충분했다

까다로운 고객들만 아니면 이곳에 오래 머물 생각이다
난 유럽에서 오지 않은 한국 토종이다

하얀 빨래

하얀 빨래가 바람에 날리면
내 마음도 덩달아 빨래가 된다

눅눅한 빨래를 볕에 말리면
뽀송뽀송 빛나는 별들의 무리

마음이 눅눅할 땐 빨래가 된다

눅눅해진 마음을 볕에 말리면
눅눅한 마음도 별이 될까?

태양 볕이 다가와 머리에 머물면
나는 가장 빛나는 꽃이 된다

양지꽃인 줄 알고

제법 매서운 겨울날 얼굴이 빨개진 양지꽃
담벼락 밑에서 졸고 있다

차가운 바람이 들썩 일 때면
어린아이 손끝이 검붉게 변했다

아이를 집으로 데려와 따뜻한 옷을 입혔다
양지꽃이 7월 장마에 줄기를 쭉쭉 내더니
꽃이 피고 열매를 맺었다

열매가 익을수록 어릴 적 논두렁이 눈앞에 다가와
빨간 뱀딸기가 널름거렸다
뱀 한 마리를 키운 것만 같아 딸기를 밖으로 던졌다

끈끈한 칠월 장마가 거리를 배회할 때
나는 다시 겨울을 잡고 밖으로 나왔다

참깨를 볶다가

출처를 알 수 없는 참깨가 비닐봉지에 담겨 있다
늘 해주거나 볶은 것을 사다 먹다 직접 볶으려니
생각보다 쉬운 일이 아니다

여러 번 씻은 후 물기를 빼서 한참을 볶을 때쯤
고소한 향기가 후각을 자극한다
한 꼬집 집어 입에 넣었다
어딘가 숨어있던 뭉클한 향기가 번져왔다

가방을 냅다 던지고 찬장 문을 좌우로 열다 보면
운 좋은 날은 오징어채가 내 입속으로 사라졌다
먹을 게 딱히 없던 날은 참깨가 입안에서 터졌다
날달걀을 쪽쪽 빨던 아이는 그때나 지금이나
키가 별반 다르지 않다

다른 건 몰라도 밥상보다 먼저 찬거리가 사라져도
한 번도 꾸지람을 하지 않으셨던 어머니,
배고픈 시절 고소한 참깨 향이 그날의 기억을 몰고 와
깨알 같은 이슬이 눈가에 맺혔다

배꼽에 불났다

배 위에 뜸을 올렸다

일정한 온도에 맞춰
수건 끝을 오르락내리락 거리다
깜빡 잠이 들었다

어느 마을의 명자꽃보다
붉은 꽃이 피어났다

순간 "불이야" 하고
화들짝 놀라 깨어보니

배꼽이 배꼽만 한 아기를 안고
뜨거운 불을 끄고 있었다

제부도 그녀

장맛비가 움푹움푹 낯빛을 깨물던 날
그녀의 빨간 구두는 제부도 방파제를
울며 걸었다고 했다

빗물이 튕겨 오를 때마다 그 머리를 꾹꾹 밟으며
분노를 삭이던 그녀는 이미 오래전부터
자유를 갈망하던 여인이었다

한동안 그녀는 종교를 전전하며 마음을 잡으려고
무던히 노력하는 게 보였다
그러던 그녀가 천주교로 개종했다는 소식이 들렸다

기다란 묵주를 목에 걸고 다니던 그녀와 마주쳤을 때
그녀의 목에 걸린 묵주 끝에는 가지런히 깎은 십자가가
그렁그렁 울음을 삼키고 있었다

지금은 소식을 알 수 없는 그녀,
제부도에 살고 있을까
비가 오는 날 창문으로 흘러내리는 빗방울도
나이를 참 많이 먹었다

허리는 우산을 업고

장대비가 한차례 퍼붓고 지나간 강변길을
우비를 입은 사람들과
우산을 접은 사람들이 걸어간다

언제부터인가
운동과 한몸이 된 사람들의 발길은 한결같다

허리가 기역 자로 굽은
할머니 한 분이 허리 위에 우산을 올린 채
양팔은 우산 양 끝을 잡고 부지런히 걸어간다

허리는 우산을 업고
우산은 나이를 업었다

우산은 걷기조차 귀찮다는
두 팔을 꼭 잡고 허리 위에 업혀 간다

피아노맨

높낮이가 같은 단조로운
피아노 소리가 들린다

저건 분명
비가 온다는 예고다

문명이 단절된 혼자만의
영혼이 춤추는 소리,

피아노 소리가 멈출 때쯤
빗소리가 들리기 시작한다

뇌의 소리보다
몸의 감각이 앞서간 피아노맨

비가 먼저 그를 알아보고
시원하게 건반을 두드리기 시작한다

개미들의 행진

가뭄에 푸석이던 땅이 무너져 내린다
바람에 무너지고 작은 울림에도 무너져 내린다

비가 내리면 흙들은 결집되어 새로운 성을 만들 수 있을까
하지만 작은 장마에도 땅은 계속해서 무너져 내리기만 했다

장마에 냇물이 어린 동생을 집어삼킬까
장대비를 뚫고 울부짖듯 부르던 유년의 어린 날이 떠올랐다
그해 냇물은 유독 많은 흙탕물을 끌고 흘러내렸다

개미의 행렬이 길다
일렬종대로 한 치의 오차도 없이 검은 선이 꿈틀거린다
그들이 살던 벙커에는 이미 흙이 무너져 내려 흔적조차 없다

수천 개의 작은 다리가 부지런히 앞만 보고 걷는다
그들은 언제 끝날지 모를 장마를 어쩌면 이미 지났는지 모른다
수많은 다리 사이로 작은 골이 흘러도 이제 그들은 동요하지 않
는다

미역국만 먹었네

안목항에서 미역국만 먹었네
첫째 날도
둘째 날도
셋째 날도
미역국을 먹다가 생각했네
내가 죽으러 왔던가
미역국을 먹으러 왔던가
너무 추워서 미역국만 먹었다는 말은 차마 하지 못했네

제3부

초대받은 만찬

부처님 오신 날

사쿠라라 했다
불두화가 아닌 사쿠라꽃이 화려하게 피는 초파일이 오면
사쿠라꽃과 연등이 만난 현충사의 풍광은 오묘했다
어린아이 눈에는 늘 연등 속에 쑥 절편이 앉아 불을 환히
밝히고 있었다

일 년에 한 번 찾아오는 부처님 오신 날은 동네 잔칫날이다
대낮부터 시작된 축제는 밤 술시가 되면
손에 등불을 들고 거리 행진을 하는 행사가 있었다
한 시간 남짓, 거리 행진을 하며 동네의 안녕과
가정의 평화를 기원했던 행사는 종교를 초월한 염원이기에
어른아이 할 것 없이 참여했던 이유였는지 모른다

각자 엄마의 손을 잡고 걷는 아이들의 염불 속에는
나무아비는 남 주고 얼른 쑥 절편과 과일을 달라는
애절한 눈빛이 부처님처럼 내려다보고 있었으니
석가모니도 먹 보살도 유년의 등불 속에는 함께 공존했다

멀찍이 등의 행렬이 들어오면 그제야 마음을 내려놓던 사내는
딸이 들고 온 쑥 절편을 입안에 넣고 흐뭇하게 오물거렸다
작은 손에 쥐여 준 쑥 절편은 부처님이 나누어 준 사랑과 자비였다
그날은 어린 딸이 일 년에 한 번 아빠에게 자비를 베푸는
유일한 날이기도 했으니 쑥 절편은 가족의 화목과 사랑을 잇는
부처님이 우리에게 베푼 큰 사랑이었다

첫사랑의 쓴맛은 배신감이다

에스프레소를 마시던 첫맛의
쌉쌀함은 고3을 갓 넘긴 맛이었다

고3 겨울 방학, 커피를 입에 댄 순간
강렬하게 날아온 쓴맛의 펀치는
배신감마저 들었다

커피 맛을 제대로 알 때쯤
쓸쓸한 고독과 친해지는 법을 깨달았다

쓴맛 속에 단맛이
숨겨진 걸 알았을 때
완숙한 사랑을 끌어당겼다

이제는 커피 옆에 놓인 맹물 한 잔,
건강을 챙길 나이가 되고 보니
첫사랑의 쓰디쓴 배신감이 무척이나 그립다

변덕스런 10분

손에 들고 있는 시간이 살짝 움직인다
안개는 온통 세상을 뒤덮고
눈먼 차들은 서로에게 빵빵거린다

불호령 같은 천둥 번개가 몰아치더니
거친 비바람이 시간을 몰고 왔다
순식간에 비바람은 그치고 온 마을은
다시 안개에 쌓여 두려움에 떨었다

변주곡이 시작되고 폭우 같은
소나기가 또다시 으르렁거린다
창문으로 들어오는 승냥이와 한바탕
싸우고 나니 온몸은 뻐근하고
흥건히 젖은 옷은 서서 울고 있다

미친 듯한 10분이 순식간에 지나고
넋이 나간 나는 의식을 꼭 붙들고 있다
책장을 넘기는 소리가 들렸다
책 속으로 변덕스런 10분이 들어갔다

통곡 소리

하늘이 만들어 놓은 천창이 열릴 때마다
엉켜버린 신들의 언어 쏟아져 나온다

맴 맴 맴 맴 매 에 엠
쓰 르 르 메 에 에

우는 것도 잠깐의 삶이거늘 태어나기 위해
견뎌야 했던 시간들이 얼마나 길었던가

여름이 터지라 하고 통곡의 소리 울린다
마구 퍼부어라

네가 울어대는 삶의 곡조는 아무도 모르고
밤이 새도록 네 갈 길은 짧고 때로는
멀기만 할 테니

고택에서 만나다

영주 무섬 마을에는
오래된 시간이 멈춰 있다

파전에 막걸리 한잔을 마시고
지나간 시간들을 쫓다
고택에 걸려있는 연장을 만났다

연장들이 어서 오라는 듯
손을 흔들며 세월의 꽃을
피우고 있었다

그 속에서 아버지 어머니의
체온이 따라 나왔다

반가운 마음에 냉큼 연장을
끌어안고 놓지 않았다

순간 두 분이 환하게 웃으며
"내 딸아, 애썼다"
늙은 딸을 꼭 안아 주었다

스프링클러

꿀럭꿀럭
수도꼭지에 달린 기다란 호수가
담고 있던 물을 돌돌 말린 호수 밖으로 밀어낸다

이리저리 몸을 비틀다 여러 갈래로
뿜어져 나오는 물줄기는 여린 모종에 생채기를 내고
한바탕 더 몸을 비틀고 뛰어올라
다른 고랑으로 넘어가 팔딱이다 이내 잠잠해진다

그 순간 휴대폰 너머로 들려오는 감미로운
목소리가 호수 속으로 파고들었다
부드럽고 나긋나긋한 음색을 기억하는 순간
뜨거운 봇물이 수맥을 찾은 듯 솟구쳐 올랐다

오늘 치솟는 물의 맥박은 과거로부터 온 희망이다
고인 물을 시원하게 내뿜고 말랑해져 가는 호수,
비에 젖은 고양이가 '야옹' 하며 짝을 찾고
어둠은 소리 없이 그 곁을 지나갔다

심장 진단

아파트 거실 스피커에서 정기적인 전기 점검을
한다는 방송이 흘러나왔다
덩치 큰 콘크리트 덩어리도 세월을 비켜 갈 수는 없으리라
가슴을 열고 청진기를 들이댔다
쿵쾅쿵쾅 심장이 널뛰기를 한다
골조 곳곳이 녹슬어 부식되어 가고 있는
늙은 아파트 사이로 골바람이 숭숭 스며든다

언제나 멀쩡한 듯 가족을 위해 열심히 살아온 튼튼한 거목도
고희를 바라보며 시름시름 앓기 시작했다
병원도 약도 필요 없고 오르지 내 아집만이 전부였던 사람
나이를 먹는다는 건 세월 앞에 조금씩 부서져가는 바위 같다
철옹성 같은 사람이 절벽 위에서 무너져 내릴 때는 한순간
파도에 휩쓸려가는 모래알 같다

아무렇지 않게 묵묵히 지켜온 시간들이
영혼의 부유물이 되어 말없이 떠다닐 때
난파된 파도는 물거품을 뿜어낸다
그의 손을 잡는다
세상 것들이 모두 부서지고 나서야 나를 내려놓는 사람,
파도가 몰아치는 바닷가 절벽을 마주 보며 그를 위로했다
그를 향한 위로가 나의 위로가 되어 되돌아왔다

크고 작은 포말들이 끊임없이 발끝을 간지럽힌다
그 순간 발가락이 꿈틀거렸다
심장도 꿈틀거렸다
다시 아파트에 전기가 환하게 들어오고 기지개를 켰다
보이지 않는 심장들이 살아났다
부실한 몸뚱이도 물 만난 물고기처럼 팔딱거렸다

다시 시집을 들다

늦은 아침을 먹으며 시집 한 권을 꺼내 읽는다
마음이 이리저리 분산되어 집중이 되지 않았다
생각들은 손가락 통증으로 들어갔다 다시
발가락 사이로 들어가 얼음이 되었다

아침에 날아온 보험지연 소식이 교차로에서 파란불이
되었다 노란불이 되었다가 깜빡거린다
순간 입안에 있던 자잘한 과즙이 껍질과 팽팽히
맞서다 찍, 밖으로 튀어나왔다

충돌이다
서로 잘못이 아니라고 목소리가 커졌다
스푼을 내려놓고 시집 한 면에 그려진 과즙을 손으로 훔쳤다
순간 사라지는 과즙은 약간의 흔적을 남기고
금세 시집 속으로 스며들어 깨알 같은 밀어가 되었다

오후 네 시의 달*이 거꾸로 누워 아침을 먹고 있다
생각이 파도를 타다 교차로에 멈췄다
다시 시집을 들었다
누워있던 활자들이 일제히 일어나 기억을 두드렸다

_____

* 김남권 시인의 시집 제목을 인용하다

헐렁한 금요일

구석진 곳은 늘 고요해서 좋다
오늘따라 시간이 멈춘 듯 집 밖이 적막하다
북적대던 사람들의 발걸음 소리도 시끄럽게 떠들던
허름한 소리도 뜨거운 커피를 마시고 집어 던지던
사람들도 사라졌다

나와 밤을 새우며 아침까지 의자에 누워 뒹굴던 학생은
이제 술을 끊었는지 여러 날 보이지 않는다
화장을 하던 여학생도 치장을 다 했는지 꺼내놓은
물건들은 금세 사라지고 없다

공휴일 같은 금요일 오후,
그물망 밖 세상은 멈춰 있다
내 몸도 오랜만에 얻은 휴일처럼 나른하다

지나가는 아저씨가 밀린 시간을 어깨에 메고 걸어간다
갑자기 빈 음료수 캔이 날아와 머리통을 때리고
밖으로 튕겨져 나갔다
몸을 엎드려 빈캔을 집어삼킬까 하다
나도 오늘만큼은 나른한 취객이 되기로 했다

초대받은 만찬[*]

초대받은 만찬을
네모난 샤베트 통에 얼리고 말았다

감자 꽃이 피어나기 시작할 무렵
쌉싸름한 땅두릅 향이 입안을 맴돌았다

들에서 걸어 나온 나물이
건강한 입맛을 돋구었다

귀래에서 제천 가는 산자락 어디쯤
꽃향기가 먼저 마중 나와 맑은 영혼들을 맞이하고

전원 속에 차려진 만찬은 배부른 어느 시인의
뱃살 속으로 들어가는가 싶었는데 소리소문없이
내 배가 불렀다

---

* 25.5.22. 박여롬 시인 만찬에 초대받던 날

계절을 베어 먹은 탓인지 목덜미에는
초록빛 스카프가 담장처럼 둘러쳐지고

잡채와 버섯나물로 비벼진 뱃속으로
인도네시아 산 드립 커피가 푸른 저녁을 불러 왔다

초대받은 오월의 만찬이 몸속에서 땅두릅으로
미역취로 자라났다

보이지 않는 시간

시간의 경계선 사이로 녹슨 대문이 삐걱거린다
바람이 흔들릴 때마다 구멍 난 대문 사이로
희미한 눈동자가 미세하게 요동치며 거리를 방황한다

그러다 문득, 무언가 생각난 듯 뒤꼍으로 달려가
항아리 깊숙이 넣어둔 보따리 하나 펼쳐
밤새 시장놀이에 빠져든다

전대에 담긴 꼬깃꼬깃한 돈을 날이 새도록 세고 나면
함지박에 팔다 남은 생선 두어 마리 이고 집으로 향한다
한 마리는 집 나가 언제 올지 모를 서방님 몫,
한 마리는 아이들 먹일 생각에 발걸음이 분주하다

효심 깊은 딸은 밤사이 감기에 걸렸다
꼭꼭 전대에 전기를 숨겼을 뿐인데
이해할 수 없는 시간들이 머릿속에 엉켜있다
그 혼미한 영혼은 시간과 대문 사이를
얼마나 열고 닫는지 아무도 모른다

미로처럼 복잡한 생각만이 꼬리에 꼬리를 물고
훨훨 날아간다

능소화 연가

후두두 한낱 비바람에 온몸 떨구고
눈물지을 인생일 줄 알면서

이제나저제나 긴 목 빼고
담장 너머 보는 가녀린 목대
긴 정맥 앙상히 뻗어 승은 입은 님 기다리나

파르란 등줄기
비바람에 지쳤는지
휘감은 가지마저 놓아 버린

어느 무덥던 여름날
주홍빛 그리움
도화선에 설겁게 붉어 갈
님을 향한 일편단심이여

거울을 보듯

"세월 가는 줄 모르고 형님을 만나고 왔네"
형님을 만나고 오던 날 남자는
시인이 된 듯 말했다

거목이 쓰러지던 날
표정도 감정도 모두 빼앗아 가 버렸는지
남자는 무표정했다

피골이 상접한 남자는 한참 만에
오래전 옛 동서를 알아본 듯했다
미동도 하지 않던 얼굴이 한순간 일그러지더니
메마른 웅덩이에 무언가 꿈틀거렸다

두 사람은 지난 세월 잃어버렸던
서로의 모습을 마주 보며 찾고 있었다
십 년이면 강산도 변한다는데
강산이 두 번도 훨씬 지나고 만난 인연이라니
야속한 인연을 부여잡고 한참을 울었다

"형님한테 다녀오길 잘했다"
오늘따라 앞서 걸어가는 남자의 어깨가
처음으로 태산처럼 크게 느껴졌다

배꽃 필 때면

하얀 배꽃이 필 때면 그곳으로 가고 싶다
버스 정류장에 서 있던 소년이
과수원집 아들인 걸 언제부터 알았을까

귀티 난 뽀얀 얼굴을 본 순간
몇 정거장을 걸어 올라와 버스를 타야 했던
이유를 그때는 몰랐다

검정색 교복에 하얀 칼라를
다리미로 문지르고 또 문지르며
나도 뽀얀 배꽃이 되고 싶었다

지금은 어느 곳에서 하얗게 피고 있을까
내 그리운 십 대의 소년이여
보고 싶은 소녀여

세월은 이순의 고개를 넘어가고
봄은 어김없이 찾아와 하얀 배꽃이 피건만
그때의 배꽃은 어디에서도 찾을 수 없다

라일락꽃 향기를 맡던 날

국립극장을 막 나오는데 바람결에
라일락꽃 향기가 분분하여 달콤한 향기에 취했다

첫사랑이 시작되면 라일락 꽃잎을 씹어 보라던
여고 시절 선생님 말씀이 바람결에 들려왔다

첫사랑의 쓰라림보다 더 쓰디쓴 건
지나온 삶이었음을 시간의 미구에 서서 느낀다

삶이란 라일락 잎을 꼭꼭 씹다가 뱉어보면
달콤한 향기만 남는다는 걸 오늘에서야 알았다

내 인생의 향기를 처음 맡던 날
살아낸 날들의 감사함을 아이들과 함께하고 싶어
눈가에 이슬이 맺혔다

바람결에 날리는 향기를 주머니에 넣었다

인터넷 플랫폼

봄만 되면 향수병에 시달렸다
들판을 뛰어놀며 함께 들꽃이 되었던 친구들
그 들꽃은 잊지도 않고 어쩜 봄마다 찾아오는지
꿈을 깨면 잡히지 않는 아련한 그리움 대신
화원으로 달려가 꽃을 샀다

어느 해인가
꽃보다 강력한 처방전이 나왔다는 소문을 들었다
얼굴도 향기도 없고 맛도 느낄 수 없는 인터넷 플랫폼,
시공간을 초월한 그곳은 마치 사막을 건너 만나는
신기루 같았다

봄마다 신병처럼 끙끙 앓던 삼십 대를 기점으로
해마다 찾아오는 향수병은 그해 봄비처럼 그쳤다
인터넷 플랫폼에서 그리운 들꽃들을 다시 만나 황홀했다

가시고기

버려진 깡통은 제2의 고향인 바다에서 숨을 쉰다
파도에 지친 바다의 살갗을 긁어주고
상처로 얼룩진 진주의 눈물을 말없이 사랑했다

묵묵히 바다를 지키는 바위처럼 그렇게 살고 싶었다
가끔은 치어들에게 따뜻한 보금자리가 되어주고
남실바람이 쉬어가게 의자도 만들어 주었다

깡통은 귀를 열고 모래 알갱이와 소라의 이야기를 듣는다
바위에 부서진 파도의 비파소리를 듣기 좋아했고
심연 깊은 곳에 들려오는 해초들의 하품 소리를 좋아했다

저 멀리 싱싱한 바다 냄새와 뱃고동 소리가 들린다
문득 바다를 향해 힘차게 헤엄쳐 나가던 치어들이 생각나
눈물이 나기도 했지만 참기로 했다

갑자기 온몸에 열꽃이 피고 녹진하게 아파왔다
스르르 잠이 들었다
균열 된 몸속에 짠물이 묵직하게 스며들어
꿈속인지 바닷속인지 모를 부유하는 자신을 만났다
저 멀리 그립던 치어들이 몰려와 붉은
플랑크톤을 하나씩 물고 어디론가 사라졌다

산호초 마을에선 그가 깡통인지 산호초인지 아무도 모른다
산호처럼 살랑살랑 춤을 추지는 못하지만
나날이 붉어져 숲으로 변해가는 자신을 사랑했다

깡통은 이제 바다와 한몸이 될 수 있다
거대한 숲이 되어버린 그를 아무도 건드릴 수 없다

망초꽃

꽃이 붉을수록 가슴이 더욱 시리다던 그녀는
딸들을 남겨두고 5월의 망초꽃이 되었다

망초꽃이 하얗게 피던 날
꽃잎에 스며든 달을 보며 붉은 꽃이 시리다던
그녀의 마지막 말뜻을 어렴풋이 알 것만 같았다

딸들이 하나둘씩 늘어날 때마다
남편에게 면목이 없었던 그녀의 마음은
담장을 넘지 못하는 붉은 장미였으리라

해마다 망초꽃이 피는 오월이 되면
꽃비가 되어 딸들 곁으로 오시는 어머니

바람에 일렁이는 망초꽃을 따라가면
아직도 12폭 치마폭에 수놓은
당신을 만날 것만 같다

여신의 노래

그 많던 밭이며 반듯한 논들이 사라지던 날
그녀는 아무것도 먹지 못하고 몇 날 며칠을 앓아누웠다
이제 갓 열 살 넘은 어린 딸은 정성껏 쌀밥을 짓고
성수를 받아 수돗가에 한번 장독대 옆에 한 번 올리고
천지신명께 빌고 또 빌었다

온 생애를 통틀어 지문이 닳도록 빌어 본 건
그때가 처음이자 마지막이었다
조상신 성주신 용왕신을 섬기는 힘이 미쳤는지
그녀는 다음날 거짓말처럼 툴툴 털고 일어났다

그리고 언제 앓았냐는 듯 소처럼 일을 하기 시작했다
소처럼 멍에를 짊어진 그녀의 눈물은
산비탈 자갈밭을 갈 때마다 워낭소리가 되어 따라왔다
날이 좋아도 날이 궂어도 찾아다니며 일을 했다

구멍 난 쟁기 사이로 산더미 같은 돌들이 돌탑을 쌓던 날
그녀는 붉은 시루떡을 정성껏 쪄내 고사를 지냈다

그러던 그녀가 나이가 들어 힘이 빠졌는지
가슴 속에 의지했던 신마저 떠나보내고
자신도 신의 자리에서 내려왔다
이제 그녀는 비로소 소녀가 되었다

그대에게

사랑할 때는 모두가
내 취향과 내 빛깔에 맞는 옷이기를 원합니다
나 또한 그러하니까요

오늘은 당신에게
무슨 꽃으로 피어날까 고민합니다
요즘 핫한 BTS 같은 꽃이 되어
당신 곁에서 현란한 춤을 추겠습니다

비록 남루한 동작일지라도
그대 앞에 최고의 용기였음을
기억해 주십시오

사랑할 때는 허물도 사랑입니다
저의 부족한 허물을
따뜻한 사랑으로 감싸 주세요
저도 그리하겠습니다

그리하여 먼 훗날 꽃잎을 펼쳐볼 때
살아온 날들이 환호가 되고
아름다운 시가 되고 소설이 되길 소망합니다

목련꽃

지난 추억을 돌돌 말아
백마강에 던지고 오던 날

목련꽃은 왜 그리 화르르 피고 지던지요
속절없이 가슴만 무너져 내렸습니다

세월이 흘러 찾아간 강가에는
철새 떼가 풀어 놓은 빼곡한 편지들이 남아
주인을 기다리고 있었습니다

권불십년 화무십일홍이라 했던가요

사랑 앞에서 모든 게 무색하던 날
당신은 지지 않는 꽃처럼 활짝 피어
하얗게 웃고 있는 목련을 닮았더군요

한참을 강가에 서서
빈 갈대만 쳐다보는데
속절없는 눈물은 왜 이리 화르르 쏟아져 내리던지요

애증의 관계

하얀 찔레꽃이 필 무렵 돌아온 제비들이
처마 밑에 집을 짓기 시작했다

딱딱한 논흙을 갈고 부드럽게 써레질을 해 놓으면
그때부터 제비들의 낮은 비행이 시작된다

논흙과 건초를 물어다 침을 섞어 보금자리를 짓기까지
암수 두 마리는 부지런하고 정겹다

성품이 깔끔하고 조용한 걸 좋아하던 아버지는
제비가 집을 짓기 시작하면 제비와의 전쟁이 시작된다

만들면 부수고 또 만들면 부수고를 반복하다 결국에는
아버지가 작은 송판을 잘라 처마 밑에 똥받이를 해 놓으면
전쟁은 일단락이 된다

사랑도 미움도 모두가 사람과 부대끼며 살 때의 일이다
사람이 가고 없는 빈집에 빈 둥지로 남은 제비집엔
아무도 돌아오지 않는다

제4부

기억하는 눈

선감도와 종이학*

오이도 옆에 바다로 둘러싸인
선감도란 작은 섬이 있다

아이들을 순식간에 부랑아로 전락시켜
강제노역과 인권유린을 자행했던 치욕의 섬,

해방은 오래전 일이고
일제의 잔재가 그대로 남아
선감도의 봄은 40년 동안 찾아오지 않았다

섬에 강제로 끌려 온 아이들은
밤이면 종이학을 타고 육지로 육지로
탈출하는 꿈을 꾸었다

---

* TV 다큐멘터리를 보고 쓴 시

종이학을 타고 하늘을 날 때
찰흙을 파먹던 배고픔도
밤마다 곡괭이 소리에 시달리던 공포 소리도
성추행을 당하던 모든 일들도 사라졌다

바다에 갇힌 섬이 내 삶의 전부였던 아이들
종이학을 타고 하늘을 날 때
어린 꿈들도 다시 살아나 숨을 쉬었다

푸르른 날들

앞산 양지바른 무덤가는
어릴 적 우리들의 놀이터였다

무덤가에 핀 삘기를 한 움큼 뽑아 들고
무덤 위에 누워 하늘을 보면

호수보다 파란 하늘이 얼굴 가까이 내려와
이마의 땀방울을 깨끗이 씻어주었다

가끔씩 고막이 터지라 지나가는
전투기 소리에 일제히 손바닥으로 귀를 막으면

비행기는 어느새 하얀 꼬리를 남기고
저 멀리 사라지고 없었다

삘기를 씹고 하늘을 보면
세상 부러울 게 없었던 어린 시절

다시 돌아갈 수 없는 유년의 기억들 속으로
어린 친구들의 모습마저 아련하다

잠이 오지 않는 밤

춥다 말다를 반복하며
겨우내 얼어붙은 흙들은
영혼 없이 부스스 흘러내렸다

무너져 내리는 건
붉은 흙만이 아니다
잠시 잠깐 봄이 왔던 심장도
덜컹 무너져 내렸다

누군가 흘러내린 흙을
평평히 다독여 손바닥만 한 무덤과
그 앞에 십자가와 노란 민들레꽃
한 송이를 심어놓았다

실개천 사이로 물살은 말없이 흐르고
밤새 개구리는 얼마나 울어 대던지
밤을 하얗게 새웠다

봄은 다시 시작되고

사초는 죽어서도
제 모습을 잃지 않아서 사초인가

여름내 푸르던 사초가 겨울을 넘기고
봄이 오자 그 자리에서
여린 새순을 내민다

지난가을 푸석한 머리를 빗고
곱게 따주지 않았다면
자칫 봄볕에 야들거리며 올라오는
여린 생명을 몰라볼 뻔했다

연둣빛은 언제나 새로운 날의 시작이다
삶의 희망이다
오랜만에 입가에 주름이 생겼다

두물머리 풍경

안개 낀 물보라를 보며 남한강과 북한강이 만나는
두물머리에 섰다

바람이 불면 잠깐 길을 터주고 다시금 제자리로
모여들어 춤추는 입자들의 무희가 황홀하다

겨울은 강물을 부여잡고 봄을 내주지 않고
이름 모를 새들만 안개 속으로 사라진다

연잎은 동안거에 들어가 아직도 수행을 하고
남편 친구가 사준 연잎밥은 철 지난
여름을 데리고 왔다

냉이

봄날
독이 잔뜩 오른 냉이는 억세고 맵지만 달다
겨우내 칼바람 눈비와 맞서 싸운 흔적을
겉으로 고스란히 보여 준다

겉잎이 붉다는 건 하얀 겨울을 많이 사랑했다는 것
뿌리가 굵고 길다는 건 얼은 땅속을 파고들어
스스로 겨울이 됐다는 것이다

냉이 향이 짙다는 건 그만큼 모진 겨울과 타협하고
인내하며 겨울을 이겨낸 흔적이다
그런 냉이가 밥상 위에 올라왔다
겨울을 살아남은 자만이 맛볼 수 있는 특혜다

암매

한라산 바위에는 암매라는 나무가 있다
빙하기부터 살아남은 난장이나무 암매는
바위에 붙어사는 일 센치짜리 꼬마다

나무로 분류하는 리그닌이라
크기는 작지만 나이테가 있다

암매는 향기 없는 매화꽃이다

발가락 끝에 향기 없는 암매 하나 붙어있다
걸리적거리고 향기도 없는 꽃이 가끔
살 속으로 파고들어 나를 아프게 한다

이제 과감히 그 향기를 자르려 한다
살아남기 위해 때로는 버려야 할 것들이 많다
버린 흔적 위에 봉긋한 산이 두 개 솟아올랐다

봄을 사 온 남자

오일장에서 봄을 모셔왔다
봄이 언제 올지 모를 이곳은
오일장에서 가장 먼저 봄을 판다

남편이 봄을 골고루 사주고 갔다
분홍 보라 빨강 봄들이
은은한 향기로 울려 퍼졌다

꽃들에게 골고루 물을 주고
말을 거는데 알 수 없는 물방울이
꽃잎 위로 떨어졌다

오월엔 강릉 가야지

따뜻한 오월이 오면
KTX 타고 강릉 가야지
예쁘게 화장도 하고
꽃무늬 원피스에 초록색 가방을 메고
나비처럼 살랑살랑 날아가야지

시간은 얼마나 걸릴까
기차 안에서 무얼 먹을까
많이 덜컹거리지는 않겠지
벌써부터 마음이 설렌다

오월 강릉 바다는 달달하겠다
바람은 한들거리고 파도는 춤을 추겠지
삼월도 아직 지나지 않았는데
후미진 산골에 누워
나는 벌써 바다를 만나고 있다

아버지 놀이터

언니가 샐러드 위에 통깨를 올려주었다
올봄엔 아버지가 피마자 향기보다 짙은
들깨 향을 갖고 찾아오셨다

고향을 빼앗기고 객지로 나온 아버지는
뚝방 아래 서너 평 자갈밭을 일구고 계셨다

자갈밭이 아버지 손길과 바뀌던 날,
서너 평 들깨밭은 아버지의 유일한 꽃밭이자 놀이터였다

빼앗긴 들에는 날마다 철근 콘크리트 더미가 올라가고
아버지는 날마다 철근을 하나씩 빼내 꽃밭을 일구셨다

해마다 봄이 오면 아버지는 입안 가득 톡톡 터지는
서너 평 꽃밭을 한 줌씩 들고 찾아오신다

무궁화호 열차

몇십 년 만일까
청량리행 무궁화호 열차를 기다린다
한때는 한반도 중심을 진두지휘하던 사내,

그 사내는 이제 꼬리가 잘린 채 외곽으로
밀려나 독기 빠진 네 칸짜리 불독이 되었다

껍질마저 벗겨지고 갈라진 피부에는
만선 깃발 아래 팔딱거리는 생선 비늘이
가쁜 숨을 몰아쉬고 있다

플랫폼 전광판에 빨간 글씨로
7분 지연, 10분 지연, 17분 지연
문구가 뜰 때마다

그리스와 페르시아의 마라톤 전투에서
승전보를 알리고 끝내 죽었다는 병사
페이디피데스의 마지막이 떠올랐다

무시루떡

가을걷이가 끝나고 서리가 수북이 내릴 때쯤
엄마는 팥을 삶아 무시루떡을 만드셨다
무시루떡은 쌀쌀한 늦가을 무가 제대로 맛이 들어야
떡도 제맛이 나기에 떡을 하는 계절이 따로 있었다

엄마는 떡을 하면 제일 먼저 조왕신께 올리고
집안의 안녕과 재액을 막아달라고
두 손 모아 고사를 지냈다

고사가 끝나고 떡을 잘라 한 접시씩 집집마다
돌리고 나면 달빛은 어느새 어린 내 꽁무니를
따라오고 있었다

동네를 한 바퀴 돌고 나서도 이유 없이 뿌듯한 날은
일 년 중에 이날밖에 없었다
오랫동안 잊고 지내던 무시루떡을 반세기가 지나
스승님께 받던 날 그 따끈따끈한 기분을
품 안에 꼬옥 끌어안았다

그리고 어느새 내 가슴속에선
젊은 엄마가 무를 썰어 채반에 널고 계셨다

행방불명 된 집게

문방구에서 파는
집게 한 마리
집안에 들였다

거실을 활보하던
집 한 채 점점 허름하고
허옇게 닳고 있다

달그락 달그락
바닥에 끌리고 베란다 밖으로
사라져 가는 소리 들린다

가끔씩 꿈을 꿨다
하울의 움직이는 성이
밤마다 들어와 거실을 활보한다

파꽃

올봄 그녀의 머리에 파꽃이 하얗게 피었다
배흘림기둥을 움켜잡고 울며 기도하던 그녀에게
삼신할머니도 감복했는지 아이 하나 점지해 줄 때
통통한 대파밭을 훔치고 싶다던 그녀의 말은 쏙 들어갔다

대파 줄기처럼 억세게 살아가던 그녀가
초로의 나이가 되어서 채우는 것만이 행복의
전부가 아님을 알았다며 속을 비우기 시작했다
비울수록 단단해지는 줄기 끝에 주먹만 한
파꽃이 하얗게 맺혔다

목어

한 번씩 심하게 고열이 오르는 밤이면
엄마는 밤새 눈뜬 목어가 되었다

끙끙 앓고 있는 자식 앞에
눈꺼풀을 점점 안으로 말아 넣고
엄마는 밤새 목어처럼 울고 계셨다

아들딸을 가슴에 묻고 살아온 아픔은
시간이 흘러도 가시지 않는 것인지
수분 끼 없는 몸피는 바짝바짝 말라갔다

동그란 눈에는 비늘 같은 눈물만
수북이 쌓이고 천년고찰 대들보에 매달린
목어는 먼 허공을 향해 붉은 울음을 울고 있었다

가신

아버지 몸은 마당이다
티끌 하나 없이 비질한 그곳에 가끔씩
구불구불한 업이 지나간 자리가 보였다
집을 지키는 업,
가신은 어느 집이나
한 마리씩 보이지 않는 곳에 숨어 집을
지켜주는 수호신이라고 믿었다

거대한 밤나무 근처 담장 안에 사는 업,
가끔씩 자리를 이탈해 사람들 눈에 띌 때가 있다
그럴 때면 아버지는 업이 살고 있던 쪽을 향해
비로 슬쩍 밀어 놓았다 슬금슬금 꼬리를 감추고
숨어들어 가장 두툼한 몸통을 보여주고 금세
사라졌던 수호신

지금도 가장 두려운 뱀과 마주치고 싶지 않다
하지만 집을 지킨다는 업은 이상하게 두렵지 않고
오히려 친근감을 느꼈으니 미물인 짐승도 마음을
내 주면 사람을 투시하는 혜안이 있나 보다
그때처럼 지금은 업을 볼 수 없으나
가끔씩 식구들 옷가지에서 업이 나올 때가 있다

진화하는 아이들은 수시로 허물을 벗겨줘야 한다
몇 번의 탈피 끝에 온전한 성인이 될 때까지
과거를 벗고 현재의 옷을 입혀줘야 한다
처음 탯줄을 자를 때부터 배냇저고리와
엄지손가락보다 작은 양말이 업의 허물처럼
네모진 상자 안에 고스란히 담겨 있다
이 씨 가문을 지켜갈 업이 그 안에 들어있다
깨끗이 비질한 마당에 우리의 분신이 지나간다

데린쿠유와 별

가장 성스러운 마리아 내 어머니가
뒷집 배추밭에 쓰러져 산통을 겪을 때
만삭인 배추도 진통을 겪는 듯 콧등엔
무서리가 하얗게 맺혔다 그날부터 두 여인은
한 해 아니면 그다음 해에 교대로 가장
성스런 굴을 파기 시작했다

방 안에는 뜨거운 성수 물과
탯줄을 자를 도구가 놓여 있고
한 여인의 신음소리가 하늘과 만나
노랗게 변할 때 다른 여인의 거룩한
의식이 끝이 난다

영롱한 생명의 종소리가 강보에 쌓여
방방곡곡 데린쿠유에 울려 퍼진다
길과 길이 연결돼 방과 방을 만들고
사랑과 사랑이 만나 어둠을 밝힐 때
가장 성스러운 별이 어둠 속에서
불을 밝힌다

연리지 모자

샛바람도 황사 바람도 거쳐 간 산길을 걸었다
가파른 언덕을 오를 무렵 빨랫줄이 정겨워
발길을 멈췄다 머리가 하얗고 허리가 굽은 노인은
오랜만에 사람을 만난 듯 반가워하며 말을 아끼지
않았다

서른일곱에 뇌출혈로 쓰러진 아들이 쉰을 넘었다니
노모의 청춘도 아들의 청춘도 산에 묻혔다
빨랫줄은 아들이 동여맨 외나무다리였다
늙은 아들과 노모는 한몸이 되어 날마다
외줄타기를 하고 있다
아들을 등에 업고 걷는
노모의 고단한 삶,

노모의 등은 나선형 주름이 깊이 파여 한곳을
향해 올라가고 있다 점을 한 칸씩 밟고
오르다 보면 한곳에서 만날 저 융숭한 빛,
숨 가쁜 노모의 삶이 한 뼘씩 자라 천국의
문을 열고 있다

평생회원

퇴원 축하금이라며 친구가 거액의 돈을 보내왔다
"0을 하나 잘못 보낸 거 아니냐"
"0을 하나 더 붙여 달라는 거냐"
둘은 옥신각신하다 그냥 받기로 했다

친구는 나의 평생회원이라는데,
나는 아직 한 줄도 쓰지 못한 시어들을
가슴속에 울컥울컥 쌓아만 놓고 있다

제일 먼저 달려와 아파하고
수시로 마음을 보내던 내 친구야
"사랑한다"
이 한마디 말로 첫 시집을 너에게 먼저 보낸다

기억하는 눈

내가 이 생을 다 하는 날
내 눈 깊숙이
너를 꼭 기억하고 가리라

우리가 다시 만나는 날
그때는 내가
너의 엄마가 되어주고
친구가 되어주고
따뜻한 동생이 되어줄게

네가 나에게 평생 그랬던 것처럼

팥죽 첫눈

목사님 부부의 저녁 초대를 받아
운남 저수지를 지나는데 호수에 비친
보름달이 기척도 없이 따라왔다

목사님 댁 마당에서 겨울 채비를 하다 만
참나무 등걸의 나이테가 반겼다
거실 난로에서 타는 나무 냄새는 겹겹이 껴입은
세속의 마음을 따뜻이 녹여 주었다

손수 빚은 칼국수에 걸쭉하고 고소한
팥물을 한술 뜨는데 두 분의 사랑이 느껴져 울컥했다

운남 저수지에 뜬 달이 뱃속 가득 차오르고
군고구마 디저트까지 먹고 마당을 나서는데
캄캄한 불빛 속에 폭죽 같은 첫눈이 내리고 있었다

나는 함박눈을 맞으며 환호성을 질렀고
소녀처럼 눈 속에서 사진 찍기에 바빴다
돌아오는 길에 차는 미끄러져 바퀴는 헛돌고
갈 길은 먼데 나는 왜 자꾸만 흰 눈이 되는지

그날 밤 내내 꿈인지 생시인지 모를
하얀 폭죽 속에서 붉은 팥죽이 날이 새도록
펑펑 터지고 있었다

해설

생각의 문을 열어 놓고

마음을 읽어야 하는 이유를 찾아서

– 김남권(시인, 계간 『시와징후』 발행인)

생각의 문을 열어 놓고
마음을 읽어야 하는 이유를 찾아서
– 구미르 시인의 첫 시집『동굴 끝에 매달린 시간』을 읽고

김남권(시인, 계간 '시와징후' 발행인)

 생각의 중추는 마음을 움직이는 것이다. 내가 가지고 있는 생각들이 아무리 깊고 아름답고 철학적인 깨달음이 있는 사유라 할지라도 누군가의 마음을 움직이지 못한다면 아무런 의미가 없을 뿐만 아니라 자칫 아집과 이기주의에 사로잡히기 쉽다. 이는 우리 사회에서 흔히 발견하는 현상들이다. 많이 배우고 못 배우고를 떠나서 남의 생각을 존중할 줄 모르고 다른 사람들의 생각에 귀를 기울이기보다는 자신의 생각과 말을 앞세우며 남의 말은 들어 보려고도 하지 않는 사람들이 자신이 알고 있는 생각들을 진실인 양 믿고 다른 생각들과는 소통하려고 하지 않는 데서 사회적 갈등은 물론 개인 간의 갈등이 증폭되고 있다.

 현대 문명이 급속도로 발달하고 포노사피엔스 시대가 되

면서 스마트폰으로 다양한 네트워크가 형성되며 엄청난 정보와 지식이 쏟아지고 있지만, 불통의 골은 점점 더 깊어지고 있다. 자신의 생각이 얼마나 부족하고 낮은 것인지 돌아보기보다 얄팍한 정보와 지식으로 사람과 세상을 예단하고 독선적 사고의 틀에 갇혀 버리는 현상이 증폭되면서 갈등의 골은 가족들 간의 문제로 비화되기도 한다.

간히고 편협되고 이기적인 생각의 틀을 움직여야 하는 예술은 더욱더 그 사유의 폭이 깊어지고 넓어져야 한다. 문학을 하는 사람들은 이처럼 다양한 소통을 위한 생각이 열려 있어야 하는데 일부는 이런 사실조차 인지하지 못하는 경우가 있다. 이럴 경우 소통과 공감의 문학을 하는 것이 아니라 자기만족만 추구하는 글을 쓰고 자아도취에 빠져서 독자를 문학으로부터 외면하게 하는 결과를 가져온다.

문학은 특히 시는 사람의 마음을 여는 첫 번째 관문이다. 가장 짧은 문장으로 사람들을 울고 웃게 하며 좌절에서 희망으로 견인하기도 한다. 어떤 사람이 삶의 실의에 빠져 죽고 싶었을 때 우연히 어떤 가수의 노래를 듣고 감동을 하여 다시 살아갈 용기를 얻었다는 방송을 본 적이 있다. 시도 마찬가지다. 한 줄의 시로 우리는 살아갈 희망을 생각하고, 마음의 위로와 치유를 받고 착하게 살아갈 용기를 얻는다.

구미르 시인의 시는 그런 분기점에서 우리들의 마음을 움직이고 있다. 컴컴한 어둠 속에서도 수억 광년 떨어진 곳에서 한데 모여 지상의 먼지만 한 인간들을 향해 은하수로 강물을 이루고 빛을 내는 별들처럼, 인생 2막의 분기점에서 북극성이 되기보다 수억만 개의 은하수에 섞여 있는 작은 별 같은 자신의 존재로 조심스럽게 말을 걸고 있다. 환갑의 세월을 자신만의 생각으로 걸어온 시간들을 뒤로하고, 누군가의 마음속으로 들어가는 첫발을 뗀 것이다.

만약 그가 자신만의 아집과 이기심에 갇혀서 누군가의 생각을 받아들이지 않고 고립을 선택했다면 그는 눈을 감는 순간까지 단 한 사람의 마음도 열지 못했을 것이다. 그래서 첫 시집을 선보이는 구미르의 시는 독자들 가슴에 미리내를 흐르게 하는 빛의 결정체이다. 투박하지만 진솔한 자신의 인생을 오롯하게 드러내어 마음의 빗장을 풀어내고, 어두운 바다에 빛 한 줌 뿌려 놓고 희망이라고 부르는 무인도의 등대지기라고 할 만하다.

베란다 모퉁이에 깊은 우물 하나 있다
가끔 우물이 바이올린의 파장으로 울리면
주름진 나비 한 마리 버선발로 나타나
우물 속을 맴돌았다

우물가에 귀를 대어본다
달그락 달그락 오래된 호미질 소리,

돌 사이로 들려오는 뻐꾸기 소리와

노부부의 알토란같은 말소리가

한 방울 여운이 되어 톡, 하고 떨어진다

기억이 가물가물하다

고랑과 이랑 사이에 응축된 땀의 결실은

짜디짠 소금이 되고 곰삭은 세월은

우물의 근원이 된다는 걸 그때는 몰랐다

깊은 우물을 열었다

짜디짠 냄새 대신 달달한 향기가 정신을 아찔하게 했다

바짝 마른 우물은 농익은 세월의 흔적으로 남아

고약 같은 씨간장 한 종지와 블랙 사파이어 같은

보석 한 덩이를 우물의 가장 깊숙한 곳에 숨기고 있었다

시제를 올릴 때처럼, 손을 씻고 맨손으로 경건하게

오래전에 만났던 까만 우물물을 건져 올렸다

수없이 많은 날의 인연들이 부스스 춤을 추며 날아와

가슴속에 박혔다

씨 종자 한 귀퉁이를 떼어내 물에 넣고 젓는다

순간 물과 간장이 만날 때의 달달한 향기는 사라지고

짜디짠 향기만 남아 눈을 뜬다

씨간장이 물과 불을 만날 때
시간은 기억을 거슬러 올라 하얀 나비가 되었다
비밀의 시간이 열리는 순간
수만 마리의 나비들은 자유로부터 갈망을 털어내고
시간 여행을 시작한다

버선발로 춤추던 나비도
나풀거리며 따라온다

– 나비와 씨간장 [전문]

어머니가 빚어 놓은 씨간장은 딸이 나비가 되어 날아갈 순
간을 위해 준비해 둔 것이다. 씨간장이라는 물이 불을 만나
는 순간 수천수만의 나비 떼가 되어 날아간다는 사실을 어
머니의 나이가 되어서야 발견한다. 어머니가 되어 본 여자의
가슴에서 탄생하는 것이 나비다. 그 가슴에서 씨간장을 먹
고 자라나 나비가 되는 여자들은 어머니가 되는 순간, 비로
소 씨간장의 의미를 깨닫게 되는 것이다. 우리가 해마다 봄
이면 만나는 수많은 나비들은 모두 그렇게 태어난 것이다.

엄마의 자궁은 아늑해요

봄날 아지랑이 같기도 하고 방금 걷은 이불 같기도 해요

밖은 한 치 앞도 보이지 않고 하얀 촉수만 세상을 향해

소리 없이 움직여요

가끔 하얀 점들을 모아 모스 부호 같은

암호를 주고받으며 힘없는 몸짓으로 창문을 흔들어요

그럴 때마다 수축과 이완을 반복하며 아기집을 지키는 모태는

위대한 궁전 같기도 하고 어릴 적 불던 풍선 같기도 해요

상처도 편견도 없어요

누굴 모함하는 비굴함도 없어요

탯줄 사이로 연결된

테라스에 핀 붉은 꽃을 즐겨요

이제 새로운 세계로 떠나려 해요

그 길이 한 치 앞도 보이지 않는 세상일지라도

양막을 뚫고 세상 밖으로 나올 때의 그 소리는

안개 속을 뚫고 천 리 밖을 달리고 있는 걸요

- 안개집 [전문]

세상에서 가장 아늑하고 풍요롭고 편안한 집은 안개집이다. 어머니가 태초로 십 개월 동안 품고 있는 아름다운 집,

그 집 안에 있으면 세상 근심 걱정도 없고 불안과 공포도 없다. 안개 속에 갇혀 있는 느낌이지만 굳이 세상 밖을 보지 않아도 어머니의 눈과 귀와 입으로 느끼고 감정으로 생각도 할 수 있다. 다만 그 궁전을 벗어나는 순간부터 정말 한 치 앞도 안 보이는 안개 속을 스스로 헤쳐 나아가야 한다. 그래서 시인은 또 다른 세상을 향해 여행을 떠나는 것이다. 발로 갈 수 있는 세상도 있지만 생각으로 갈 수 있는 무한한 세상이 있기 때문이다.

한 번씩 심하게 고열이 오르는 밤이면
엄마는 밤새 눈뜬 목어가 되었다

끙끙 앓고 있는 자식 앞에
눈꺼풀을 점점 안으로 말아 넣고
엄마는 밤새 목어처럼 울고 계셨다

아들딸을 가슴에 묻고 살아온 아픔은
시간이 흘러도 가시지 않는 것인지
수분 끼 없는 몸피는 바짝바짝 말라갔다

동그란 눈에는 비늘 같은 눈물만
수북이 쌓이고 천년고찰 대들보에 매달린

목어는 먼 허공을 향해 붉은 울음을 울고 있었다

- 목어 [전문]

　우리 어머니의 일생은 그런 것이 아닐까. 내장을 다 파먹히고 속이 텅 빈 목어는 땅속에 묻히거나 아궁이 속의 재가 되어 사라지기보다 천벌처럼 움직이지도 못한 채 외로운 절간의 법고루에 매달려 있다. 이런 목어처럼 어머니라는 존재는 자식들이 찾아와 텅 빈 뱃속을 울릴 때까지 기다리고 있다.

　종소리와 운판과 북소리와 어우러지면 그때 비로소 세상 만물을 깨우는 울음이 되어 터진다. 수분 기도 없이 건조한 세상을 향해 붉은 울음을 우는 것이다. 그것이 어머니가 자식들을 위해 마지막으로 할 수 있는 사명이라는 자각을 하고.

　　퇴원 축하금이라며 친구가 거액의 돈을 보내왔다
　　"0을 하나 잘못 보낸 거 아니냐"
　　"0을 하나 더 붙여 달라는 거냐"
　　둘은 옥신각신하다 그냥 받기로 했다

　　친구는 나의 평생회원이라는데,
　　나는 아직 한 줄도 쓰지 못한 시어들을
　　가슴속에 울컥울컥 쌓아만 놓고 있다
　　제일 먼저 달려와 아파하고

수시로 마음을 보내던 내 친구야

"사랑한다"

이 한마디 말로 첫 시집을 너에게 먼저 보낸다

- 평생회원 [전문]

성공하고 싶으면 목표와 실행력, 자기계발 습관, 현재에 집중하라고 AI는 조언한다. 그러나 정말 인생에 성공하고 싶다면 좋은 친구를 만나고 좋은 스승을 만나고 좋은 부모를 만나야 한다. 이 세 가지를 갖추었다면 분명 행복한 사람이다. 그런 친구라면 인생의 평생회원이 아니겠는가. 기쁘고 행복한 순간도 가장 먼저 누리지만 힘들고 고통스러울 때 묵묵히 지지해주고 응원해주는 친구 한 명만 있으면 성공한 인생이라고 생각한다. 그리고 그런 친구 때문에 인생은 한 번 살아볼 만하지 않겠는가.

동굴은 들어갈수록 캄캄해서 싫어요

동굴 경계선은 수십 년을 살아온 석주와 석순이 살아가요

1센치를 자라기 위해 백 년에 한 번 거꾸로 서거나

반듯이 앉아 도를 닦아야 해요

하지만 요즘 들어 바람이 살짝 불어도 백 년이 사라질까

동굴 모서리를 두 손으로 힘껏 잡아요

동굴에서 가장 단단한 곳에 뿌리를 내리고

대롱대롱 매달려 있는 시간들이 점점 버거워져요

백 년 전에는 두 개의 기둥이 동굴을 살리기도 했어요

이제는 다 지나간 옛이야기일 뿐, 나는 자꾸 잠이 와요

간간이 불어오는 바람에도 안간힘을 다해 절벽 끝에

매달려 있는 나를 발견해요

석주도 시간을 조금씩 내려놓고 있다는 소식이 들려와요

나는 몇 년을 살았을까요

천년은 훨씬 지난 것 같은데

언제부터 머릿속에서 다섯 살이라고 누군가 자꾸 속삭여요

이제 정말 동굴 속으로 들어갈 때가 된 것 같아요

- 동굴 끝에 매달린 시간 [전문]

끝은 시작의 원점이다. 동굴의 문이 닫히면 절벽이 되지만 동굴의 문이 열리면 또 다른 세계로 나아가는 관문이 된다. 백 년이나 훨씬 더 오랜 세월이 지나야 겨우 1센치쯤 자라나는 석순은 동굴이 살아 있다는 사실을 증명하고 있다. 아무것도 살 수 없을 것 같은 빛 한 줌 없는 동굴이지만 그것에 깃들어서 수억 년 생을 이어가고 그곳에서 자기들만의 터전을 만들어 가는 생명들이 깃들어 있다는 사실은 동굴

이 곧 희망의 자궁이라는 상징성을 보여준다. 시적 화자도 결국 그곳에 깃들어서 생을 이어가고 있는 것이다.

저녁노을이 어찌 저리 붉은가
한때 저 붉은 하늘처럼
노을빛이 되어보지 않은 사람 있었던가

누구나 한 번쯤 젊은 욕망을
푸른 바다 위에 소나기처럼 퍼붓고
엉엉 소리 내어 울지 않은 사람 있었던가

잔잔한 파도처럼 떠돌다
다시 돌아와 테트라포드에 부딪혀
삶을 되돌아보지 않은 사람 있었던가

그때는 몰랐네
영원할 것 같았던 바닷물도 바람에 일렁이다
태양 볕에 스며들면 눈물이 된다는 것을
바닷물에 발을 담그는 노을도 나이를 먹는다는 걸
노을 진 바닷가에 서서 나는 알았네
눈 속에 황혼이 차오르면 바다도 노을이 된다는 걸

- 나는 알았네 [전문]

시인은 언제나 철저한 관찰자의 시선으로 살아야 한다. 그것이 꽃이 되거나 나비가 되거나 파도가 되거나 바위가 될지라도, 조용히 발걸음을 멈추고 사물에 숨죽이고 눈맞춤하지 않으면 시는 탄생할 수 없다. 시인의 시선이 시적 화자로 옮겨 가기까지 수많은 번뇌와 사유가 상상력으로 만나 갈등하며 싸우고 화해하기를 수없이 반복해야 하기 때문이다. 그렇게 될 때 비로소 그것들이 하나로 어우러져 한바탕 축제를 벌이는 것이다. 노을도 나이를 먹고, 바다가 노을이 되고, 노을은 욕망처럼 타오르다 눈물이 되고 만다는 것을.

　　장맛비가 움푹움푹 낯빛을 깨물던 날
　　그녀의 빨간 구두는 제부도 방파제를
　　울며 걸었다고 했다

　　빗물이 튕겨 오를 때마다 그 머리를 꾹꾹 밟으며
　　분노를 삭이던 그녀는 이미 오래전부터
　　자유를 갈망하던 여인이었다
　　한동안 그녀는 종교를 전전하며 마음을 잡으려고
　　무던히 노력하는 게 보였다
　　그러던 그녀가 천주교로 개종했다는 소식이 들렸다

　　기다란 묵주를 목에 걸고 다니던 그녀와 마주쳤을 때

그녀의 목에 걸린 묵주 끝에는 가지런히 깎은 십자가가
그렁그렁 울음을 삼키고 있었다

지금은 소식을 알 수 없는 그녀,
제부도에 살고 있을까
비가 오는 날 창문으로 흘러내리는 빗방울도
나이를 참 많이 먹었다

- 제부도 그녀 [전문]

　궁금하다. 불교와 천주교와 기독교와 샤머니즘까지 도무지 알 수 없는 마음을 찾아 만행에 나선 그녀는 지금쯤 길을 찾았을까. 아니면 제부도 그 제방길에서 여전히 서성이고 있을까. 어쩌면 파도 너머로 영영 떠나버리고 말았을까. 섬으로 떠나는 사람들은 모두 자신이 섬이 되는 걸 두려워하는 사람들이다. 그러나 섬에서 태어난 사람들은 그곳의 삶을 운명이라고 생각한다. 그리하여 섬을 동경하는 사람들을 섬 안으로 들어가 속살을 보려고 하고 섬 안에 있는 사람들은 그 속살이 부끄러워 육지로 나와 자신이 태어난 곳의 속살을 감추고 육지 것들의 속성을 닮아가고 싶어 한다. 그러나 결국 그들도 섬으로 돌아온다. 제부도 그녀도 비 오는 어느 날 다시 육지로 돌아갔을 것이다.

몇십 년 만일까

청량리행 무궁화호 열차를 기다린다

한때는 한반도 중심을 진두지휘하던 사내,

그 사내는 이제 꼬리가 잘린 채 외곽으로

밀려나 독기 빠진 네 칸짜리 불독이 되었다

껍질마저 벗겨지고 갈라진 피부에는

만선 깃발 아래 팔딱거리는 생선 비늘이

가쁜 숨을 몰아쉬고 있다

플랫폼 전광판에 빨간 글씨로

7분 지연, 10분 지연, 17분 지연

문구가 뜰 때마다

그리스와 페르시아의 마라톤 전투에서

승전보를 알리고 끝내 죽었다는 병사

페이디피데스의 마지막이 떠올랐다

- 무궁화호 열차 [전문]

비둘기호로 12시간에 걸쳐 청량리역에서 부전역까지 밤
을 새워가며 열차를 탔던 기억이 있다.

요즘은 불과 몇천 원, 그 완행열차는 서울에서 시작해 경기도와 강원도 충청도와 경상도를 거쳐 남해 바닷가 부산에 닻을 내렸다. 간이역에 정차할 때마다 오일장으로 향하는 시골 아낙들과 노인들이 머리에 이고 지고 온 물건들이 완행열차의 복도에 그득했고, 충청도 경상도 사투리가 어우러져 정감 있는 인정이 오고 갔다. 어느샌가 비둘기호고 급행열차였던 통일호도 사라지고 우등열차였던 무궁화호가 유일한 완행열차로 간이역마다 승객들을 태우고 있다. 특히 단선 구간에서는 여전히 지연 운행을 밥 먹듯 하면서, 마라톤 전투의 승전보를 알리는 병사처럼 악착같이 살아남아 수십 년 전 플랫폼에서 연인을 기다리던 모습 그대로 철길을 달리고 있다.

봄만 되면 향수병에 시달렸다
들판을 뛰어놀며 함께 들꽃이 되었던 친구들
그 들꽃은 잊지도 않고 어쩜 봄마다 찾아오는지
꿈을 깨면 잡히지 않는 아련한 그리움 대신
화원으로 달려가 꽃을 샀다

어느 해인가
꽃보다 강력한 처방전이 나왔다는 소문을 들었다
얼굴도 향기도 없고 맛도 느낄 수 없는 인터넷 플랫폼,

시공간을 초월한 그곳은 마치 사막을 건너 만나는

신기루 같았다

봄마다 신병처럼 끙끙 앓던 삼십 대를 기점으로

해마다 찾아오는 향수병은 그해 봄비처럼 그쳤다

인터넷 플랫폼에서 그리운 들꽃들을 다시 만나 황홀했다

- 인터넷 플랫폼 [전문]

첫사랑의 열병을 앓을 때 사랑하는 사람에게 편지를 쓰고 답장이 오기를 기다리느라 매일 매일 문 앞을 서성거리고 우체부가 마을 길을 지나가면 공연히 막아서서 혹시 자기에게 온 편지가 없는지 물어본 적이 있었다. 전화가 없어서 부모의 부고를 우체국에 가서 전보로 전할 수밖에 없었던 시절이 불과 수십 년 전의 일이다. 이제는 누구도 편지를 잘 쓰지 않는다. 전보는 이미 역사 속으로 사라졌다. 핸드폰으로 오랫동안 헤어졌던 친구를 만나고 실시간 채팅방을 통해 안부를 전하고 삶과 죽음의 경계도 이곳에서 이루어진다. 선물도 보내고 돈도 보내고 마음도 보낸다. 전 세계의 소식들을 한눈에 보고 소통할 수 있지만 가슴 설레며 기다리던 낭만과 떨림은 유물이 된 지 오래다.

지난 추억을 돌돌 말아

백마강에 던지고 오던 날

목련꽃은 왜 그리 화르르 피고 지던지요
속절없이 가슴만 무너져 내렸습니다

세월이 흘러 찾아간 강가에는
철새 떼가 풀어 놓은 빼곡한 편지들이 남아
주인을 기다리고 있었습니다

권불십년 화무십일홍이라 했던가요

사랑 앞에서 모든 게 무색하던 날
당신은 지지 않는 꽃처럼 활짝 피어
하얗게 웃고 있는 목련을 닮았더군요

한참을 강가에 서서
빈 갈대만 쳐다보는데
속절없는 눈물은 왜 이리 화르르 쏟아져 내리던지요

- 목련꽃 [전문]

　화무십일홍은 인생무상을 이야기하기도 하지만 역설적으
로 아름다운 꽃은 아무리 어여뻐도 열흘이 지나면 어김없이 지고 만다는 사실을 통해 꽃의 존재론적 가치를 역설하고 있다. 만약에 꽃을 일 년 내내 볼 수 있다면 우리는 꽃이 피었다고 한들 꽃향기를 맡아 보려고 다가가지 않을 것이다. 그리고 곳곳마다 다르게 피어나는 꽃을 보려고 일부러 여행을 떠나지도 않을 것이다.

　우리나라에서 피어나는 꽃 가운데 유일하게 늦은 가을에 꽃봉오리가 생기기 시작해 겨울을 나는 꽃이 바로 목련꽃이다. 그 추운 겨울을 꽃봉오리 하나로 꼿꼿하게 서서 폭설과 한파를 견디고 이른 봄 소리 없이 화르르 피었다가 속절없이 지고 만다. 그런데 누가 한겨울에 나목인 목련의 가지 끝을 바라보겠는가. 동굴의 끝에 매달린 시간은 어쩌면 목련의 시간이 아닐까 생각한다. 시간과 공간을 뛰어넘은 목련과 동굴은 경계를 넘어 우주의 주파수로 통하고 있는 것이다. 목련 꽃봉오리가 겨우내 우주의 별빛들을 모으는 동안 동굴은 그 시간을 틀어막고 있었을 것이다.

　구미르 시인의 시간도 그런 공간과 시간을 통해 자신만의 동굴 안에 하얀 목련꽃을 피우는 여정을 건너가고 있다. 우리가 생각의 문을 열어 놓고 마음을 읽어야 하는 이유가 여기에 있다.

동굴 끝에 매달린 시간

펴낸날 2026년 3월 1일

지은이 구미르
펴낸이 주계수 | **편집책임** 이슬기 | **꾸민이** 최송아

펴낸곳 밥북 | **출판등록** 제 2014- 000085 호
주소 서울특별시 마포구 양화로 156 LG팰리스빌딩 917호
전화 02- 6925- 0370 | **팩스** 02- 6925- 0380
홈페이지 www.bobbook.co.kr | **이메일** bobbook@hanmail.net

© 구미르, 2026.
ISBN 979-11-7223-138-5 (03810)